SUCCES

DE

M. FÉLIX GERARD père

TABLEAUX

Pastels, Aquarelles, Dessins

PAR

S. LÉPINE

Paris, 1905

SUCCESSION

DE

M. FÉLIX GERARD père

TABLEAUX

Pastel, Aquarelles, Dessins

PAR

S. LÉPINE

CONDITIONS DE LA VENTE

Elle sera faite au comptant.

Les acquéreurs paieront *dix pour cent* en sus des prix d'adjudication.

Paris. — Imp. Georges Petit, 12, rue Godot-de-Mauroi. — 15188-05.

CATALOGUE

DE

TABLEAUX

Pastel, Aquarelles, Dessins

PAR

STANISLAS LÉPINE

DONT LA VENTE

Par suite du décès de M. FÉLIX GERARD père

AURA LIEU A PARIS

HOTEL DROUOT, Salle N° 1

Le Mercredi 12 Avril 1905

à 2 heures précises

———

COMMISSAIRES-PRISEURS

Me P. CHEVALLIER	**Me HENRI MAUGER**
10, rue Grange-Batelière, 10	16, rue de Berlin, 16

EXPERT

M. GEORGES PETIT, rue de Sèze, 8

———

EXPOSITION PUBLIQUE

Le Mardi 11 Avril 1905, de 1 heure 1/2 à 5 heures 1/2

PRÉFACE

Les œuvres qui sont cataloguées plus loin sont,
pour ainsi dire, l'âme du peintre Stanislas Lépine,
révélée dans ses manifestations les plus intimes ; âme
d'artiste magnifiquement douée, que trop peu de gens
ont pénétrée, parce qu'elle mettait une sorte de fierté à
ne se laisser deviner que par ceux qui se sentaient
émus d'une émotion adéquate à la sienne.

Et, de ce fait, Lépine est mort à la peine, grand
artiste, qui s'en fut presque inconnu, laissant à l'œuvre
qu'il avait édifié lentement, assidûment, amoureuse-
ment, le soin de défendre et de glorifier sa mémoire.

Or, s'il est vrai que tout artiste, même tardive-
ment, a son heure de justice, j'espère que, grâce à la
dispersion qui va être faite de plus de deux cents
œuvres signées de son nom, cette heure-là va sonner
pour la renommée de Lépine. L'œuvre qu'il a laissé,
considérable, témoigne d'un talent sain, attendri,
consciencieux ; et cependant, parce que Lépine fut à
l'excès modeste et enfermé dans son étude, son nom
n'a pas dépassé le cercle restreint d'amateurs qui
l'avaient compris et aimé. S'il s'agissait de caractériser
d'un mot le talent du peintre, je dirais que Lépine a
été, délicieusement, un intimiste de la rue et de la cam-

pagne. *Il y a des peintres qui ont de la Seine une vision municipale, une vision administrative, — chapitre de la navigation fluviale. — Lépine, lui, l'a regardée avec des yeux de Parisien fier de sa rivière de Seine, dont on a tant médit ; il l'a regardée avec amour, et, dans les nombreuses études qu'il en fit : peintures, aquarelles, sépias ou dessins, — ces admirables dessins qu'on voit passer en vente pour la première fois, — il a mis je ne sais quoi de caressant et de délicat qui séduit ; le long des quais, il a regardé le paysage, et ce paysage lui a paru le plus beau qui soit au monde.*

Certes, il ne s'est pas absorbé exclusivement dans la traversée de la Seine à Paris ; il est allé visiter d'autres sites, interroger d'autres pittoresques, étudier d'autres climats ; mais il est chaque fois revenu à ses coins de Paris, avec plus d'enthousiasme et d'enchantement ; les bords de la Seine, où les panaches feuillus des arbres se mêlent au ton gris et chaud à la fois des constructions, les ponts au-dessus desquels le ciel plane et joue une incomparable féerie du jour et de la nuit, suivant les saisons, tout cela lui a paru digne d'une contemplation longue et répétée, et il y retournait toujours avec une joie sans cesse renouvelée, sans se soucier de ce que le public, qui dédaigne souvent les spectacles qu'il a fréquemment sous les yeux, pourrait en penser.

Un autre point de Paris se partagea la tendresse de Lépine : Montmartre, la butte Montmartre, avec ses vieilles rues, avec son aspect de banlieue et sa population qui, il y a quelque vingt ans, aurait cru entreprendre une véritable exploration en dépassant la ligne des boulevards extérieurs. C'est qu'il avait trouvé, sur les hauteurs de la butte, où la rumeur de la grande ville monte assourdie, ainsi que le remous grossissant d'une lointaine marée, il avait trouvé des sensations de calme et des aspects mystiques qui répondaient d'une façon précise à son âme grisée de rêverie solitaire et de nature mélancolique.

« Lépine sent les mousses et les lichens qui arrêtent, sur les bas-côtés des chemins, les pavés inégaux, a écrit l'éminent critique Georges Lecomte ; il connaît les végétations parasites des vieux murs et l'intimité mystérieuse des jardins clos, révélés au passant par les hauts arbres qui dépassent les murailles et emplissent la ruelle de leurs belles verdures. Il interprète, avec un très grand sentiment de la paix provinciale, les parties basses, inquiètes, sournoises des petites villes, les chiens s'ébattant en tas sur les détritus épars, la molle allure des gens sans occupation, sans hâte, qui flânent aux portes et recueillent des cancans. Lépine a compris la philosophie de la solitaire lanterne se balançant au tournant d'une rue déserte et l'hostilité triste d'un portail fermé. Ce sont de justes chroniques de province. Elles relatent la vie monotone, morose, des bourgades. La campagne disparaît presque, tant elle est enserrée dans les murailles protectrices. Elle est simplement rappelée avec discrétion pour bien indiquer que, tout près, elle s'étale dans la fécondité luxuriante de ses végétations. »

C'est, excellemment racontée, l'harmonie d'âme de Lépine, non pas qu'il n'ait pas su, même dans ses coins de Montmartre, donner de larges éclats de lumière ; mais quelque brillant que soit le soleil dans les heures de nature qu'il interprète, il mêle à sa composition un peu de cette résignation qui est la loi sociale de la vie active des humbles, et ce sont les humbles qu'il se plaît à surprendre et à glorifier de son pinceau ou de son crayon

ou de sa plume, dans son œuvre de sincérité et d'émotion. Et c'est peut-être parce qu'il en est ainsi, qu'il a
su envelopper ses effets de soleil ou de lune, à la ville
ou à la mer, d'une si pénétrante poésie. Il y a comme
une confidence dans ses paysages, un rapprochement
plus intime de l'âme humaine à l'âme des choses, un
sentiment, dans tous les cas, profondément vécu, qui
vous conquiert et vous enchante, au point qu'on en
oublie de remarquer avec quelle maîtrise, quelle sou-
plesse de métier, Lépine dit ce qu'il veut dire, comme
en se jouant, sans effort apparent, avec une abondance
qui n'est jamais au bout de son expression et qui ne se
répète jamais.

Je suis convaincu que ceux qui prendront la peine
d'examiner attentivement toutes les études et tous les
dessins plus loin décrits seront de mon avis. Lépine a
sa place marquée parmi les quelques très grands artistes
qui, dans la seconde moitié du XIXe siècle, ont bien
mérité de l'art national.

L. ROGER-MILÈS

PEINTURES

1 — *Mariage à Saint-Étienne-du-Mont.*

Le cortège nuptial apparait au haut des marches de l'église. La foule des curieux a envahi les degrés ; le landau traditionnel, attelé de chevaux blancs, s'avance.

A gauche, une femme et un gamin se hâtent pour regarder la mariée. La façade de la vieille église se dresse sous le ciel bleu ennuagé de blanc.

A gauche, les vieilles maisons des vieilles ruelles de la montagne Sainte-Geneviève.

Œuvre admirable d'atmosphère et d'enveloppe.

Signé à droite, en bas.

Toile. Haut., 56 cent. ; larg., 38 cent.

2 — *Vieille Rue, à Montmartre.*

La rue Girardon et le coin de la rue de l'Abreuvoir. Le sol, la crête des murs et les maisons sont couverts de neige.

Au milieu de la rue, les passants, de leurs pieds qui maculent, ont tracé un chemin. Et c'est du silence et de la tristesse qui planent sur ce vieux coin de la grande ville. Les arbres, dont le tronc émerge de la propriété d'encoignure, semblent tordre, dans un spasme douloureux, leurs branches dépouillées vers le ciel assourdi.

Signé à droite, en bas.

Toile. Haut., 56 cent.; larg., 46 cent.

3 — *Le Bois doré.*

C'est l'automne ; sur le sol planté d'arbres, les feuilles rouillées se mêlent aux brins d'herbe verte ; des gouttes de lumière s'accrochent aux luisances des écorces séchées, et dans les branches que la chanson des nids a désertées, les frondaisons, grillées par le soleil d'août, ont des aspects de vieille orfèvrerie d'or.

Parmi les branches dépouillées, on aperçoit le ciel bleu qui s'échauffe encore des lueurs blondes du soleil attardé.

Signé à droite, en bas.

Panneau. Haut., 33 cent.; larg., 41 cent.

4 — *Vache paissant.*

Dans un pré, aux herbes hautes, qui s'émaillent de fleurettes, une vache est en train de paître. Elle est vue de profil à gauche, le col tendu vers le sol, le mufle humant l'herbe mouillée. Derrière elle, le ciel clair est en partie caché par le rideau de verdure d'un beau massif d'arbres.

Sur la croupe de la bête, aux os saillants, la lumière accroche de belles taches blondes.

Signé à gauche, en bas.

Toile. Haut., 25 cent.; larg., 33 cent.

5 — *Jour de pluie, à Honfleur.*

Un quai, le long duquel s'élèvent des maisons basses, coiffées de tuiles ; le sol est détrempé ; une bonne femme marche, s'abritant sous son large parapluie rouge ; une charrette s'éloigne vers la droite ; un bonhomme est arrêté au milieu, près d'une barrière.

A droite, au fond, sous un ciel gris, on aperçoit un ' ateau et la mer.

Signé à droite, en bas.

Panneau. Haut., 24 cent. ; larg., 26 cent.

6 — *Pâturage aux environs de Caen.*

Au fond, la ville, avec ses constructions et ses clochers.

Aux premiers plans, dans un pré, des bœufs et des vaches en train de paître ; les uns couchés dans l'herbe, les autres debout, humant l'air humide ou fauchant d'une langue paresseuse l'herbe appétissante.

A gauche, aux premiers plans, une petite mare.

Signé à droite, en bas.

Toile. Haut., 32 cent. ; larg., 55 cent.

7 — *Le Jardin public.*

Un matin ensoleillé ; de belles traînées blondes rampent sur le sol ; les grands arbres, aux frondaisons claires, tamisent doucement la lumière. Au fond, quelques figures : hommes, femmes et enfants. Dans les premiers plans, une femme s'avance, vêtue d'une jupe brune et d'un fichu blanc, et portant un panier au bras gauche ; elle est précédée d'un chien griffon blanc, qui détourne la tête pour la regarder.

Signé à droite, en bas.

Panneau. Haut., 26 cent.; larg., 25 cent.

8 — *La Maison de Corot, à Ville-d'Avray.*

Dans un nid de verdure, la maison apparait : sa façade est illuminée de soleil. Sur le vieil étang, deux pêcheurs se promènent en barque, faisant frissonner autour d'eux les reflets des branches, des villas, du ciel bleu, du rêve, de l'infini !

Signé à droite, en bas.

Panneau. Haut., 22 cent., larg., 32 cent.

9 — *Le Renflouement.*

Le bassin du port : autour du sloop de pêche encore penché sur sa coque, les ouvriers se pressent pour le renflouement. Un grand feu est allumé à gauche. Des mâts des autres bâtiments se dressent au fond, sous un ciel mouvementé d'ombre et de lumière.

A droite, une tente et des groupes de personnages en train de causer ou de travailler.

Signé à droite, en bas.

Panneau. Haut., 33 cent. 1/2 ; larg., 29 cent.

10 — *La Moisson.*

Les gerbes sont nouées, et voici qu'on a amené le lourd chariot, attelé de lourds percherons, où l'on va charger les bottes de blé pour en former les meules; les hommes sont à leur travail.

A gauche, une vieille femme se courbe pour glaner.

Au fond, on aperçoit quelques beaux arbres et les maisonnettes du hameau sous un ciel délicieusement bleu.

Signé à droite, en bas.

Panneau. Haut., 15 cent. 1/2 ; larg., 32 cent.

11 — *Le Canal.*

Entre des rives verdoyantes, le canal coule comme un ruban d'azur ; au fond, des massifs d'arbres dressent vers le ciel, tout égayé de lumière, leurs frondaisons épaisses.

A droite, un autre massif d'arbres suit le bord du canal. Tout s'enveloppe de chaleur, de joie, de vie.

Signé à droite, en bas.

Panneau. Haut., 14 cent.; larg , 22 cent.

12 — *Le Hameau*.

Les maisons du hameau, coiffées de tuiles brunes, sont massées près de la rivière, qui coule aux premiers plans.

Un pont de pierre, à droite, unit les deux rives. Au-dessus des toitures, le ciel, délicieusement lumineux, laisse apercevoir, de place en place, des coins d'azur attendri. Tout s'enveloppe d'atmosphère blonde et de silencieuse intimité.

Signé à droite, en bas.

Toile. Haut., 24 cent.; larg., 19 cent

13 — *La Charrette*.

A l'entrée du bois, dans le pré, la charrette est arrêtée, et l'homme, en pantalon brun et chemise blanche, amasse les herbes dont il va l'emplir.

A droite, les premiers massifs d'arbres du bois.

Dans le ciel gris passe une clarté blonde.

Signé à gauche, en bas.

Panneau. Haut., 14 cent.; larg., 16 cent.

14 — *La Route nationale*.

Au milieu de la campagne, la route large est tracée. Une bonne femme, conduisant un enfant, marche, se rendant à la ville prochaine. De chaque côté de la route, le sol herbeux se relève légèrement, avec, de place en place, de beaux massifs d'arbres, qui dressent leurs panaches feuillus vers l'azur du ciel tout ennuagé de vapeurs lumineuses.

Signé à gauche, en bas.

Panneau. Haut., 19 cent.;larg., 27 cent. 1/2.

15 — *La Colline*.

Dans les premiers plans, **un terrain**, puis des bruyères,
puis un champ marqué, de place **en place**, de quelques
bouquets d'arbre. Au fond, sur le ciel bleu, la colline
dominée par une petite maisonnette et dont le **flanc a**
été déchiré par le pic des carriers.

Signé à droite, en bas.

Exposition Lépine, à la Bodinière.

Panneau. Haut., 14 cent.; larg., 21 cent.

16 — *Lever de lune au bord de la Marne*.

A droite, le quai, au bord duquel est amarrée une
péniche; au premier plan, la rivière; dans le ciel
chargé de nuages, la lune apparaît et fait papilloter
ses reflets blonds à la surface de l'eau.

Signé à droite, en bas.

Toile. Haut., 14 cent.; larg., 19 cent.

17 — *Rouen*.

Au pied des hauteurs, la ville étend son panorama,
ponctué des flèches et des tours de la cathédrale et des
églises. Le ciel est chaud, tout allumé de clartés rousses,
qui courent de nuée en nuée et mettent de beaux reflets
à la surface du fleuve, qui traverse la ville comme un
ruban de moire liquide.

Signé à droite, en bas.

Panneau. Haut., 16 cent. 1/2 ; larg., 25 cent. 1/2.

18 — *Mer calme*.

Sous un grand ciel gris, où s'envolent des nuages
bordés de lumière, des bateaux, steamers et sloops de
pêche, filent à l'horizon. La mer est calme et la vague,
bordée d'écume, vient expirer mollement sur la plage.

Signé à droite, en bas.

Toile. Haut., 14 cent.; larg., 25 cent.

19 — *La Falaise d'Étretat.*

La mer bleue : la vague, ourlée d'écume et battant la plage.

A droite, au fond, la falaise ; un steamer lointain traîne son panache de fumée sur l'horizon.

Signé à droite, en bas, du timbre de l'atelier Lépine.

Toile. Haut., 12 cent.; larg., 20 cent.

20 — *Derrière le village.*

Au premier plan, un terrain avec un arbre. Au fond, les maisons du village, que domine le clocher de la petite église. Ciel gris, murs gris, sol gris, d'une délicieuse harmonie.

Signé à droite, en bas.

Toile. Haut., 24 cent.; larg., 21 cent. 1/2.

21 — *Les Reliefs.*

Sur un coin de buffet, en partie cachés par une nappe blanche, des morceaux de brioche, un verre, une bouteille vide, une chope et un vase blanc à monture de bronze.

Signé à droite, en bas.

Toile. Haut., 27 cent.; larg., 25 cent. 1/2.

22 — *Pivoines.*

Sur le sol, deux pivoines rouges et roses épanouies et un bouton de pivoine.

Signé à droite, en bas.

Panneau. Haut., 25 cent.; larg., 43 cent.

23 — *Bateaux de pêche en vue de Cherbourg.*

Deux sloops de pêche sont à l'ancre, et les mathurins, dans l'eau jusqu'au genou, déchargent les bannes de poissons.

Au fond, à gauche, passe un voilier, dont la blancheur se dessine sur la ligne des falaises. Ciel bleu et . mer bleue.

Signé à gauche, en bas.

Toile. Haut., 39 cent.; larg., 52 cent. 1/2.

24 — *Fleurs.*

Sur le sol, toute une gerbée de fleurs : roses, dahlias doubles, boules de neige, marguerites, pervenches, etc.

Signé à droite, en bas.

Panneau. Haut., 38 cent.; larg., 48 cent.

25 — *Rue des Saules, à Montmartre.*

Signé à gauche, en bas.

Toile. Haut., 27 cent. 1/2 ; larg., 41 cent.

26 — *Soleil couchant au-dessus de Ville-d'Avray.*

Signé à gauche, en bas.

Panneau. Haut., 25 cent. 1/2; larg., 43 cent.

27 — *La Rue Cortot, à Montmartre.*

Signé à gauche, en bas.

Toile. Haut., 40 cent. 1/2; larg., 32 cent.

28 — *Le Magasin à fourrage.*

Signé à droite, en bas.

Panneau. Haut., 29 cent.; larg., 37 cent.

29 — *L'Aiguille d'Étretat.*

Signé à gauche, en bas.

Carton. Haut., 23 cent. ; larg., 36 cent.

30 — *L'Arc-en-ciel.*

Signé à droite, en bas.

Panneau. Haut., 27 cent.; larg., 22 cent.

31 — *Environs de Rouen.*

Signé à gauche, en bas.

Toile. Haut., 35 cent.; larg., 30 cent.

32 — *Le Bord du petit lac, au Bois de Boulogne.*

Signé à gauche, en bas.

Toile. Haut., 21 cent.; larg., 24 cent.

33 — *Place de la Concorde.*

Toile. Haut., 32 cent. 1/2 ; larg., 60 cent.

34 — *La Plage; marée basse.*

Panneau. Haut., 27 cent.; larg., 46 cent.

35 — *Lavoir au bord de l'île Saint-Denis.*

Signé à gauche, vers le bas.

Toile. Haut., 22 cent.; larg., 33 cent

36 — *Les Cabanes au flanc de la montagne.*

Signé à droite, en bas.

Toile. Haut., 27 cent.; larg., 35 cent.

37 — *La Cahute des douaniers, à Cherbourg.*

Signé à droite, en bas.

Panneau. Haut., 25 cent.; larg., 35 cent.

**38 — *Les Vieilles carrières sur la butte Mont-
marlre.***

Signé à droite, en bas.

Toile. Haut., 27 cent.; larg., 35 cent.

39 — *Au Bois de Boulogne.*

Signé à droite, en bas.

Carton. Haut., 22 cent.; larg., 28 cent.

40 — *Effet de lune sur la Seine.*

Signé à droite, en bas.

Toile. Haut., 14 cent.; larg., 33 cent.

**41 — *Pâturage en Normandie; effet de brume
matinale.***

Signé à gauche, en bas.

Panneau. Haut., 16 cent.; larg., 26 cent.

42 — *Environs de Caen.*

Signé à droite, en bas : *Lépine.*

Toile. Haut., 27 cent. 1/2 ; larg., 23 cent. 1/2.

43 — *La Jeune fille couronnée de fleurs.*

Signé à gauche, en bas.

Toile. Haut., 41 cent. 1/2; larg., 33 cent.

44 — *Femme assise dans un jardin.*

Signé à droite, en bas.

Toile marouflée sur un panneau.
Haut., 25 cent.; larg., 16 cent.

45 — *Les Blés d'or.*

Signé à droite, en bas.

Toile. Haut., 21 cent. 1/2; larg., 33 cent.

46 — *Matinée de printemps sur l'étang.*

Signé à gauche, en bas.

Panneau. Haut., 20 cent.; larg., 26 cent.

47 — *Le Soir sur la rivière.*

Signé à droite, en bas.

Toile. Haut., 13 cent.; larg., 17 cent.

48 — *Les Nénuphars.*

Panneau. Haut., 17 cent.; larg., 20 cent.

49 — *Un Terre-neuve.*

Signé à droite, en bas.

Toile. Haut., 19 cent.; larg., 15 cent.

50 — *Le Bouquet d'arbres au bord de la Seine.*

Panneau. Haut., 23 cent.; larg., 14 cent. 1/2.

51 — *Entrée de bois.*

Signé à droite, en bas.

Panneau. Haut., 14 cent.; larg., 23 cent.

52 — *La Mare dans la campagne.*

Signé à droite, en bas.

Toile. Haut., 16 cent. 1/2 ; larg., 25 cent.

53 — *Coucher de soleil sur la rivière.*

Signé à droite, en bas.

Toile. Haut., 14 cent. 1/2; larg., 19 cent. 1/2.

54 — *La Charrette au bord de la plage.*

Signé à droite, en bas.

Panneau. Haut., 13 cent.; larg., 25 cent.

55 — *Le Pâturage.*

Toile. Haut., 19 cent.; larg., 24 cent. 1/2.

56 — *La Gardeuse de chèvres.*

Signé à droite, en bas.

Carton. Haut., 16 cent.; larg., 21 cent.

57 — *Le Vieux château.*

Signé à droite, en bas.

Panneau. Haut., 25 cent.; larg., 14 cent

58 — *Les Vieux saules.*

Signé à gauche, en bas.

Panneau. Haut., 21 cent.; larg., 22 cent. 1/2

59 — *La Butte Montmartre autrefois.*

Signé à gauche, en bas.

Carton. Haut., 24 cent; larg., 16 cent.

PASTEL

———

60 — *L'Estacade.*

Esquisse du panneau que Lépine devait exécuter
pour l'Hôtel de Ville de Paris.

Haut., 1 m. 5o ; larg., 77 cent.

AQUARELLES

61 — *Marée basse, à Dieppe.*

> Le sloop de pêche est à sec dans le bassin, légèrement penché sur sa coque. Au fond, on aperçoit, à gauche, le maisons du port.
>
> Signé à droite, en bas.

Haut., 25 cent.; larg., 16 cent.

62 — *L'Arc de Triomphe, vu de l'avenue Friedland.*

Haut., 9 cent. 1/2 ; larg., 16 cent. 1/2.

63 — *La Seine, à Levallois.*

> Signé à gauche, en bas, du timbre de l'atelier Lépine.

Haut., 15 cent.; larg., 17 cent. 1/2.

64 — *Un Quai de débarquement.*

> Au verso, deux figures de marchandes de poisson, dont une aquarellée.

Haut., 19 cent. 1/2; larg., 29 cent.

65 — *La Mare.*

Haut., 14 cent. 1/2 ; larg., 17 cent. 1/2.

66 — *Environs de Honfleur.*

Signé à droite, en bas.

Haut., 10 cent.; larg., 21 cent.

67 — *Péniches sur la Seine.*

Signé à gauche, en bas, du timbre de l'atelier.

Haut., 11 cent.; larg., 19 cent.

68 — *Le Vieux Montmartre, versant nord.*

Signé à gauche, en bas.

Haut., 13 cent. 1/2 ; larg., 18 cent. 1/2.

69 — *La Fillette au chien.*

Haut., 23 cent.; larg., 14 cent.

70 — *Coucher de soleil.*

Haut., 14 cent.; larg., 14 cent.

71 — *Pêcheurs de crevettes.*

Signé à gauche, en bas, du timbre de l'atelier Lépine.

Haut., 15 cent. 1/2 ; larg., 14 cent. 1/2.

72 — *Le Petit gardeur de moutons.*

Dessin aquarellé.
Signé à droite, en bas.

Haut., 15 cent.; larg, 26 cent.

SÉPIAS

---

73 — *La Tempête.*

A gauche, la falaise d'Étretat ; au milieu, un sloop de
pêche, soulevé par des vagues furieuses, sous un ciel
que la tempête agite de toutes ses fureurs déchaînées.
Signé à gauche, en bas, du timbre de l'atelier Lépine.

Haut., 15 cent. 1 2 ; larg., 25 cent.

74 — *Sortie du port de Honfleur.*

Haut., 15 cent. ; larg., 26 cent.

75 — *La Flotte des morutiers à Honfleur, par
une mer calme.*

Signé à droite, en bas.

Haut., 14 cent. ; larg., 23 cent.

76 — *Matelots poussant leur barque à la mer.*

Haut., 14 cent. 1 2 ; larg., 25 cent.

77 — *Le Combat naval.*

Signé à gauche, en bas : *S. L.*, 54.

Haut., 12 cent. 1/2 ; larg., 21 cent.

78 — *Chaland sur l'Oise.*

Signé à gauche, en bas.

Au verso, les bords de l'Oise, avec une barque de pêche.

Haut., 12 cent. 1/2; larg., 20 cent. 1/2.

79 — *Bateaux de pêche aux environs de Honfleur.*

Signé à gauche, en bas.

Haut., 24 cent. 1/2; larg., 15 cent. 1/2.

80 — *Le Quai d'Orsay.*

Signé à droite, en bas.

Haut., 14 cent. 1/2; larg., 25 cent.

81 — *La Rue des Saules, à Montmartre.*

Signé à droite, en bas, du timbre de l'atelier Lépine.

Haut., 18 cent.; larg., 16 cent.

82 — *La Plaine Saint-Denis, autrefois.*

Signé à gauche, en bas, du timbre de l'atelier Lépine.

Haut., 14 cent. 1/2; larg., 25 cent.

83 — *L'Arrivée de la diligence.*

Signé à gauche, en bas.

Haut., 9 cent.; larg., 15 cent.

84 — *Bateaux de pêche.*

Signé à gauche, en bas, du timbre de l'atelier Lépine.
Sépia avec des reprises de gouache.

Haut., 21 cent.; larg., 14 cent. 1/2.

85 — *La Seine, à Billancourt.*

Signé à gauche, en bas.

Haut., 14 cent.; larg., 24 cent. 1/2.

DESSINS

86 — *La Seine au Pont-Royal.*

En avant de l'embarcadère des « Hirondelles », des débardeurs placent sur un chaland les planches qui leur serviront de passerelle.

Sur le quai, un charretier fait boire son cheval.

En avant, une bonne femme, appuyée contre un tonneau, regarde les travailleurs. Au-dessus d'un massif d'arbres, émerge la toiture du pavillon de Flore ; à gauche, les maisons du quai Voltaire et de l'entrée de la rue du Bac ; plus loin, cette sorte de forêt vierge qui avait envahi les ruines de la Cour des Comptes et qui a fait place à la gare d'Orléans. Au milieu, la Seine calme, dont un remorqueur remonte le courant.

Signé à droite, en bas.

Dessin au crayon, avec quelques rehauts de blanc.

Haut., 26 cent. 1/2 ; larg., 41 cent.

87 — *Notre-Dame, vue du quai de la Tournelle.*

Au-dessus des bâtiments de la Morgue, Notre-Dame dresse la majesté de ses lignes.

Vers la droite, les maisons de la Cité bordent le quai ; à gauche, la ligne du pont cache les maisons du quai Saint-Michel.

Aux premiers plans, à gauche, quelques personnages causent sur la berge.

Sur la Seine, une barque montée par deux mariniers.

Signé à droite, en bas, du timbre de l'atelier Lépine.

Dessin au crayon.

Haut., 29 cent. ; larg., 45 cent.

88 — *Le Pont Sully.*

A l'horizon, au-dessus de la ligne du pont et des vieilles maisons de l'île Saint-Louis, Notre-Dame, vue du chevet, dessine sa fière silhouette sur le ciel mouvementé.

Au premier plan, en avant de chalands amarrés, deux hommes manœuvrent une barque de pêche.

Signé à gauche, vers le milieu.

Dessin à la plume.

Haut., 8 cent.; larg., 12 cent. 1/2.

89 — *La Butte Montmartre.*

Le haut de la butte, au tournant de la rue Lamarck.

A gauche, de l'autre côté d'une barrière, de grands arbres.

Au fond, de l'autre côté d'un pli de terrain, les maisons, sous un ciel largement ennuagé.

Dessin au crayon, rehaussé de blanc.

Signé à gauche, en bas.

Haut., 29 cent.; larg., 45 cent. 1/2.

90 — *L'Ile des Cygnes, à Grenelle.*

La berge s'avance vers la droite. Un homme est en train de faire baigner son chien dans le fleuve. Plus loin, à gauche, deux chalands sont amarrés. Au fond, du même côté, on aperçoit la pointe de l'île des Cygnes, qui ne portait pas encore le monument de Bartholdi. Au fond, à droite, on aperçoit l'autre berge, puis les arbres, puis le pont de Grenelle.

Dessin au crayon.

Signé à gauche, vers le bas.

Haut., 26 cent.; larg., 41 cent.

91 — *L'Auberge.*

A droite, un massif d'arbres. Au fond et à gauche, l'auberge, devant laquelle se tiennent des cavaliers et des personnages attablés. A gauche, d'autres personnages.

Dessin au crayon.

Signé à droite, en bas.

Au verso, une étude de grands arbres à l'entrée d'un bois.

Haut., 28 cent.; larg., 44 cent.

92 — *Le Bois de Boulogne.*

On a dépassé la pelouse, et les routes s'ouvrent à travers bois, à droite, au fond et à gauche.

C'est le matin : les arbres, aux frondaisons touffues, s'enveloppent encore de brume.

Dessin au crayon, rehaussé de blanc et de pastel.

Signé à gauche, en bas.

Haut., 29 cent. 1/2; larg., 44 cent.

93 — *La Seine, à Saint-Ouen.*

Les rives s'encadrent de bouquets d'arbres : près de la berge, à droite, une barque est attachée. A la surface de l'eau courent de clairs reflets ; dans le ciel s'éveille un croissant de lune.

Dessin au crayon, rehaussé de blanc.

Signé à gauche, en bas, du timbre de l'atelier Lépine.

Haut., 21 cent. 1/2 ; larg., 29 cent.

94 — *Dans le haut du parc de Saint-Cloud.*

Une allée de grands arbres, que suit un personnage : au fond, une colline.

Dessin au crayon, rehaussé de blanc et de légères touches de pastel.

Signé à gauche, vers le bas.

Haut., 22 cent.; larg., 29 cent.

95 — *L'Ile Saint-Denis.*

Le soir tombe : dans la Seine, à droite, le ciel, encore éclairé, promène de lumineux reflets. A gauche, au-dessus d'un talus, les maisons s'enveloppent d'ombre.

Dessin au crayon, avec des rehauts de blanc.

Signé à droite, en bas.

Haut., 21 cent. 1/2 ; larg., 30 cent.

96 — *Vaches paissant au bord d'un canal.*

A droite, sur le sol en pente, des vaches sont en train de paître. Quelques-unes se sont avancées dans l'eau, humant la fraîcheur, de leur mufle tendu. A gauche, au large, on aperçoit quelques voiles.

Dessin au crayon, avec quelques rehauts de blanc.

Signé à droite, en bas.

Haut., 20 cent. ; larg., 41 cent. 1/2.

97 — *Tournant de la Seine, au Bas-Meudon.*

La Seine coule entre des rives boisées, que dominent les collines. Sur la berge, à gauche, deux personnages sont arrêtés. Dans le ciel, de grands nuages blancs et gris.

Dessin au crayon, amplement rehaussé de blanc.

Signé à gauche, vers le milieu.

Haut., 29 cent. 1/2 ; larg., 45 cent. 1/2.

98 — *Le Seine, à Auteuil.*

C'est le matin. Un homme balaie la berge ; à gauche, le poste de secours ; de l'autre côté du fleuve, des arbres ; vers la droite, une femme en train de laver ; à côté d'elle, une autre figure debout. Tout s'enveloppe de brume transparente sous le ciel gris.

Signé à gauche, en bas.

Haut., 24 cent. ; larg., 43 cent. 1/2.

99 — *Le Pont d'Asnières.*

Au fond, le pont ; à droite, la berge, devant laquelle quelques chalands sont arrêtés, et au haut de laquelle se trouve une barque en chantier.

A gauche, le talus de l'île, planté d'arbres.

Dessin au crayon, avec des rehauts de blanc.

Signé à droite, en bas, du timbre de l'atelier Lépine.

Haut., 28 cent. 1/2 ; larg., 44 cent.

100 — *La Marne, à Saint-Maur.*

Des massifs d'arbres, des îlots, de hautes herbes ; aux premiers plans, une barque de pêcheur manœuvrée par deux hommes.

A droite, une autre barque, dont un homme est en train de fixer la perche.

Dessin au crayon, avec quelques rehauts de blanc.

Signé à gauche, vers le bas.

Haut., 30 cent. ; larg., 42 cent.

101 — *Le Steamer.*

Dessin à la mine de plomb.

Haut., 15 cent. ; larg., 19 cent. 1,2.

102 — *Le Boulevard au bord de la mer.*

Dessin à la mine de plomb.

Haut., 12 cent. ; larg., 15 cent.

103 — *Bateaux de pêche, dans le canal.*

Dessin à la plume.

Haut., 15 cent. ; larg., 20 cent.

104 — *Le Pont Marie, vu du quai de Gèvres.*

Dessin à la mine de plomb.

Haut., 12 cent.; larg., 15 cent.

105 — *Rue de l'Abreuvoir, à Montmartre.*

Dessin à la mine de plomb.

Haut., 14 cent.; larg , 11 cent.

106 — *La Rue des Saules.*

Dessin à la plume.

Signé à gauche, en bas.

Haut., 14 cent. 1/2; larg., 10 cent.

107 — *Sur un même feuillet, deux croquis à la plume, de bords de rivière.*

Haut., 17 cent. 1/2; larg., 15 cent.

108 — *Le Port Marie, vu de l'île Saint-Louis.*

Dessin à la mine de plomb.

Haut., 11 cent.; larg., 15 cent.

109 — *Le Pont Saint-Michel.*

Dessin à la mine de plomb.

Au verso, quelques croquis de débardeurs et de chevaux de halage.

Haut., 11 cent.; larg., 19 cent.

110 — *Les Fermes.*

Dessin à la plume.

Haut., 15 cent.; larg., 19 cent. 1/2.

111 — *Canal, à la Villette.*

Croquis à la mine de plomb.

Haut., 10 cent. 1/2 ; larg., 14 cent.

112 — *Figures de pécheurs et de débardeurs.*

Croquis à la plume.

Haut., 21 cent.; larg., 15 cent.

113 — *La Seine, à la Halle-aux-Vins.*

Croquis à la mine de plomb.

Haut., 10 cent. 1/2; larg., 20 cent.

114 — *Bateaux de pêche, à quai (Rouen).*

Dans le ciel, quelques croquis de bateaux.
Croquis à la mine de plomb.

Haut., 10 cent.; larg., 16 cent.

115 — *Une Goëlette, vue par le travers.*

Dessin à la mine de plomb, avec quelques rehauts
de blanc.

Haut., 10 cent.; larg., 15 cent.

116 — *Le Barrage.*

Croquis à la mine de plomb.

Haut., 10 cent.; larg., 15 cent. 1/2.

117 — *Le Vieux puits.*

Dessin à la mine de plomb.

Haut., 21 cent.; larg., 11 cent.

118 — *Le Pont d'Austerlitz, vu de Bercy.*

Dessin à la mine de plomb.

Haut., 12 cent.; larg., 20 cent.

119 — *Le Vieux mur, à Montmartre.*

Dessin à la mine de plomb.
Au verso, un croquis de paysage.

Haut., 12 cent.; larg., 19 cent.

120 — *Le Bassin de la Villette.*

Croquis à la mine de plomb.
Au verso, un croquis.

Haut., 11 cent.; larg., 15 cent.

121 — *Le Chantier.*

Croquis à la mine de plomb.
Au verso, la ferme.

Haut., 10 cent.; larg., 15 cent.

122 — *Les Chalands, au pont Sully.*

Dans le bas du feuillet, un bout de bateau et une femme portant un enfant.
Dessin à la plume.

Haut., 17 cent. 1/2 ; larg., 16 cent.

123 — *Le Canal.*

Dessin à la mine de plomb.
Au verso, la rue des Saules.

Haut., 11 cent.; larg., 15 cent.

124 — *Le Quai, à Bercy.*

Croquis à la mine de plomb, avec reprises de plume.
Au verso, un chariot et des chevaux.

Haut., 12 cent.; larg., 20 cent.

125 — *Le Barrage, à la Villette.*

Croquis à la mine de plomb, avec une mise au carré.

Au verso, quelques croquis de constructions.

Haut., 10 cent.; larg., 18 cent. 1/2.

126 — *Masures à l'entrée de Saint-Ouen.*

Dessin à la mine de plomb.

Au verso, un cheval de trait avec son sac d'avoine.

Haut., 11 cent. 1/2; larg., 19 cent.

127 — *Jeune Femme assise, portant son enfant.*

Dessin à la plume.

Signé à droite, en bas.

Haut., 16 cent.; larg., 12 cent.

128 — *Sur un même feuillet, trois têtes de vaches.*

Dessin au crayon, rehaussé de blanc.

Signé à droite, en bas.

Haut., 15 cent.; larg., 23 cent.

129 — *La Paysanne au chien.*

Haut., 14 cent. 1/2; larg., 22 cent. 1/2.

130 — *La Seine, à Auteuil.*

Dessin à la plume.

Haut., 14 cent.; larg., 24 cent.

131 — *Près de Caen.*

Croquis à l'encre.

Signé à droite, en bas.

Haut., 11 cent. 1/2; larg., 18 cent. 1/2.

132 — *Deux Sloops de pêche, vus par le travers.*

Dessin à la plume.

Signé à gauche, en bas, du timbre de l'atelier Lépine.

Haut., 13 cent.; larg., 16 cent.

133 — *L'Abreuvoir.*

Dessin à la plume, avec quelques reprises de lavis.

Haut., 15 cent.; larg., 18 cent.

134 — *Bateaux à l'ancre aux environs de Caen.*

Dessin à l'encre bleue.

Signé à gauche, en bas.

Haut., 15 cent. 1/2 ; larg., 21 cent. 1/2.

135 — *Le Bassin, à Caen.*

Dessin à la mine de plomb, avec des reprises d'encre.

Haut., 15 cent.; larg., 24 cent. 1/2.

136 — *Entrée de bois.*

Haut., 17 cent.; larg., 25 cent.

137 — *Bateaux en décharge, au quai, à Caen.*

Dessin à la mine de plomb.

Signé à gauche, en bas.

Haut., 25 cent.; larg., 16 cent.

138 — *Le Bassin, à Honfleur.*

Dessin à la plume, avec quelques reprises de crayon.

Signé à gauche, vers le bas.

Haut., 16 cent; larg., 26 cent.

139 — *Les Sloops de pêche, à Honfleur.*

Dessin à la plume et au crayon.

Signé à gauche, vers le bas.

Haut., 15 cent.; larg., 24 cent. 1/2.

140 — *Mantes.*

Croquis au crayon.

Signé à gauche, en bas, du timbre de l'atelier Lépine.

Au verso, le croquis d'une frégate.

Haut., 14 cent. 1 2; larg., 24 cent.

141 — *Les Moutons paissant.*

Dessin au crayon, avec rehauts de blanc.

Signé à gauche, en bas.

Haut., 15 cent. ; larg , 25 cent.

142 — *Le Quai de hâlage, à Caen.*

Dessin à la plume, avec des reprises de lavis.

Signé à gauche, vers le bas.

Haut., 15 cent.; larg., 25 cent.

143 — *Sloops de pêche à marée basse.*

Dessin à la plume.

Signé à gauche, en bas.

Haut., 24 cent. 1 2 ; larg., 15 cent. 1 2.

**144 — *Sur un même feuillet : une coque de
barque en chantier; un sloop de pêche
balloté par le flot; une barque où se
trouvent plusieurs personnages.***

Croquis à la plume.

Signé au bas du croquis du milieu.

Haut., 25 cent. 1 2 ; larg., 15 cent. 1 2.

145 — *Un Coin du vieux Montmartre.*

Croquis à la mine de plomb.

Haut., 18 cent.; larg., 20 cent.

146 — *Le Repos près de la ferme.*

Dessin à la mine de plomb.
Signé à gauche, en bas.

Haut., 15 cent.; larg., 25 cent.

147 — *Le Chemin vicinal.*

Croquis au crayon.

Haut., 24 cent. 1/2 ; larg., 15 cent. 1/2.

148 — *Les Bateaux de pêche, à Caen.*

Dessin au crayon.
Signé à gauche, sur un des bateaux.

Haut., 15 cent. 1/2 ; larg., 24 cent. 1/2.

149 — *Bateau de pêche à sec et falaise.*

Dessin à la plume.
Signé à droite, en bas.

Haut., 7 cent.; larg., 16 cent.

150 — *Étude de coque de sloop de pêche.*

Croquis au crayon et à l'encre bleue.
Signé du timbre de l'atelier Lépine.

Haut., 15 cent. 1/2 ; larg., 25 cent.

151 — *Le Sentier à l'entrée du bois.*

Dessin à la plume, avec des reprises de lavis.
Signé à gauche, en bas.

Haut., 18 cent.; larg., 11 cent. 1/2.

152 — *Le Quai de Bercy (rive gauche).*

>> Dessin à la plume.
>> Signé à gauche, vers le bas.

>>>> Haut., 11 cent. 1/2 ; larg., 19 cent. 1/2.

153 — *Les Vieilles bicoques du carré Saint-Éleuthère, à Montmartre.*

>> Croquis à la plume, avec quelques reprises de lavis.
>> Signé à droite, en bas.

>>>> Haut., 15 cent. 1/2 ; larg., 24 cent. 1/2.

154 — *Lavoir en Seine, derrière l'île Saint-Louis.*

>> Croquis à la mine de plomb, avec une mise au carré.

>>>> Haut., 14 cent. 1 2 ; larg., 20 cent. 1 2.

155 — *Les Bateaux de pêche, à Caen.*

>> Dessin au crayon, avec quelques reprises de plume.

>>>> Haut., 15 cent. ; larg., 25 cent.

156 — *La Ferme.*

>> Croquis au crayon.

>>>> Haut., 15 cent. ; larg., 25 cent. 1/2.

157 — *Les Arbres dans la campagne.*

>> Croquis à la plume, avec d'importantes reprises de lavis.

>>>> Haut., 13 cent. 1/2 ; larg., 22 cent.

158 — *Ramasseuse de crevettes*.

Dessin au crayon, avec quelques rehauts de blanc.

Haut., 23 cent. 1/2; larg., 15 cent. 1/2

159 — *Bateau de pêche à l'ancre*.

Dessin à l'encre et au crayon.

Haut., 15 cent. 1/2 ; larg., 23 cent. 1/2.

160 — *La Seine à la hauteur de l'Hôtel de Ville*.

Croquis au crayon.

Haut., 15 cent.; larg., 22 cent. 1/2.

161 — *Bateau de pêche et croquis d'épervier*.

Croquis à la mine de plomb.
Signé en bas du timbre de l'atelier Lépine.

Haut., 15 cent. 1/2 ; larg., 23 cent. 1/2.

162 — *Un Arbre*.

Croquis à la mine de plomb.
Signé à gauche, en bas, du timbre de l'atelier Lépine.

Haut., 23 cent. 1/2 ; larg., 15 cent. 1/2.

163 — *Bouquet d'arbres sur un pli de terrain*.

Croquis à la mine de plomb.

Haut., 15 cent. 1/2 ; larg., 23 cent. 1/2.

164 — *Bords de canal*.

Croquis à la mine de plomb.

Haut., 16 cent. 1/2 ; larg., 26 cent.

165 — *Canal, à Saint-Denis,*

Dessin à la plume.

Signé à droite, en bas.

Haut., 15 cent. 1/2; larg., 24 cent. 1/2.

166 — *En vue du Havre.*

Dessin à la plume.

Signé à gauche, en bas.

Haut., 7 cent.; larg.. 15 cent. 1/2.

167 — *Bateaux de pêche à l'ancre.*

Dessin à la plume, avec des reprises de lavis.

Haut., 15 cent. 1/2; larg., 11 cent. 1 2.

168 — *Étude de bateaux.*

Dessin à la mine de plomb.

Haut., 25 cent.; larg., 15 cent.

169 — *La Seine, à Mantes.*

Croquis à la mine de plomb.

Au verso, quelques croquis de moutons et de chèvres.

Haut., 14 cent. 1/2; larg., 2. cent.

170 — *La Seine, à la Halle aux Vins.*

Dessin au crayon.

Haut., 16 cent.; larg., 24 cent.

171 — *Chaland sur la Seine.*

Dessin à la mine de plomb.

Haut., 15 cent. 1/2; larg., 24 cent. 1/2.

172 — *Vache paissant aux environs d'une ferme.*

Dessin au crayon, avec rehauts de blanc.

Haut., 16 cent.; larg., 24 cent.

173 — *Le Chemin dans la forêt.*

Dessin à la plume, avec reprises de lavis.

Haut., 25 cent.; larg., 15 cent. 1/2.

174 — *Le Quai, à Caen.*

Dessin au crayon.

Haut., 15 cent.; larg., 25 cent. 1/2.

175 — *Les Bords du Rhin.*

Croquis de paysage et de figures, à la mine de plomb.

Haut., 25 cent.; larg., 15 cent.

176 — *Croquis de bateaux.*

Haut., 25 cent.; larg., 15 cent.

177 — *Les Chalands.*

Croquis à la plume.

Haut., 15 cent. 1/2; larg., 23 cent. 1/2.

178 — *Les Débardeurs.*

Croquis au crayon.

Haut., 12 cent.; larg., 27 cent.

179 — *La Seine, au pont de Charenton.*

Croquis au crayon.

Haut., 14 cent. 1/2; larg., 25 cent.

180 — *Un Quai de débarquement, à Caen.*

Croquis à la plume.

Haut., 15 cent.; larg., 21 cent.

181 — *Bateaux de péche aux environs de Caen.*

Croquis au crayon.

Haut., 15 cent.; larg., 25 cent.

182 — *La Seine, à Bercy (rive droite).*

Dessin au crayon.

Haut., 14 cent. 1 2 ; larg., 25 cent.

183 — *Le Pont-Neuf, petit bras de la Seine.*

Croquis à la mine de plomb.

Haut., 13 cent. 1/2; larg., 22 cent.

184 — *Le Quai à la Halle-aux-Vins. autrefois.*

Dessin à la mine de plomb.

Au verso, un croquis à la plume.

Haut., 14 cent. 1/2 ; larg., 25 cent.

185 — *Une Page de croquis au crayon.*

Haut., 26 cent. 1/2; larg., 12 cent.

186 — *Étude de bateaux de péche.*

Croquis au crayon.

Haut., 15 cent. 1/2 ; larg., 21 cent.

187 — *Le Pont Henri IV.*

Croquis à la mine de plomb.

Haut., 13 cent.; larg., 23 cent.

188 — *Les Maisons du hameau.*

Croquis à la mine de plomb.

Haut., 15 cent.; larg., 25 cent.

189 — *Un Percheron attelé mangeant son avoine.*

Dessin au crayon, avec des rehauts de blanc.
Signé à droite, en bas.

Haut., 26 cent. ; larg., 37 cent. 1/2.

190 — *En Normandie.*

Dessin à la plume, avec quelques reprises de lavis.
Signé à gauche, vers le milieu.

Haut., 33 cent. 1/2 ; larg., 44 cent.

191 — *Saint-Ouen.*

Dessin à la plume, avec des reprises de lavis.
Signé à droite, en bas.

Haut., 7 cent. ; larg., 13 cent.

192 — *La Seine, à Ivry.*

Dessin à la mine de plomb, avec quelques reprises de blanc.
Signé à gauche, vers le milieu.

Haut., 14 cent.; larg., 24 cent. 1/2.

193 — *La Seine, à Grenelle.*

Dessin à la plume, avec des reprises de lavis.
Signé en bas du timbre de l'atelier Lépine.

Haut., 15 cent. ; larg., 23 cent.

194 — *Les Pêcheurs à la ligne.*

Croquis à la mine de plomb.

Signé à gauche, en bas, du timbre de l'atelier Lépine.

Au dos, un important croquis de l'estacade et de l'ancien pont d'Austerlitz.

Haut., 14 cent.; laag., 24 cent.

195 — *L'Embarcadère du quai de la Tournelle.*

Croquis à la plume, avec des reprises de lavis.

Signé à gauche, en bas, du timbre de l'atelier Lépine.

Haut., 15 cent. 1/2 ; larg., 25 cent.

196 — *Le Bois de Meudon.*

Dessin à la plume, avec quelques reprises de lavis.
Signé à droite, en bas.

Haut., 13 cent.; larg., 12 cent.

197 — *Dans le bois de Saint-Cloud.*

Dessin à la plume, avec reprises de lavis.
Signé à gauche, en bas.

Haut., 12 cent.; larg., 17 cent.

198 — *A Boulogne-sur-Mer.*

Signé à gauche, en bas.

Haut., 7 cent. 1/2 ; larg., 11 cent. 1/2.

199 — *Bateaux au large.*

Dessin à la plume.
Signé à gauche, en bas.

Haut., 15 cent. 1/2 ; larg., 12 cent. 1/2.

200 — *Pommiers dans la vallée d'Honfleur.*

>Croquis à la plume.
>
>Signé à gauche, en bas.
>
>>Haut., 10 cent. 1/2 ; larg., 12 cent.

201 — *La Seine à Billancourt (rive gauche).*

>Croquis à la plume, avec reprises de lavis.
>
>Signé à gauche, en bas.
>
>>Haut., 7 cent.; larg., 13 cent.

202 — *La Seine, au pont Solferino.*

>Croquis à la plume.
>
>Signé à gauche, en bas, du timbre de l'atelier Lépine.
>
>>Haut., 15 cent.; larg., 23 cent. 1/2.

203 — *Le Bassin de la Villette.*

>Croquis à la plume.
>
>Signé à gauche, en bas.
>
>>Haut., 14 cent.; larg. 24 cent. 1/2.

204 — *La Seine, à Saint-Denis.*

>Dessin à la plume.
>
>Signé à gauche, en bas.
>
>>Haut., 11 cent.; larg., 16 cent. 1/2.

205 — *La Baignade aux environs de Saint-Denis.*

>Croquis à la plume.
>
>>Haut., 15 cent.1/2 ; larg., 25 cent. 1/2.

206 — *Le Pont d'Austerlitz*.

Croquis au crayon, avec des reprises de plume.
Signé à gauche, en bas.

Haut., 15 cent.; larg., 25 cent. 1/2.

207 — *Frégate à l'ancre*.

Dessin à la plume.
Signé à droite, en bas.

Haut., 8 cent.; larg., 10 cent.

208 — *Le Bas-Meudon*.

Dessin à la plume, avec reprises de lavis.
Signé à droite, en bas, du timbre de l'atelier Lépine.

Haut., 14 cent. 1/2; larg., 25 cent.

209 — *Falaise aux environs du Havre*.

Dessin à la plume.
Signé à gauche, en bas, du timbre de l'atelier Lépine.

Haut., 12 cent. 1/2; larg., 15 cent. 1/2.

210 — *Argenteuil*.

Croquis à la plume.
Signé à droite, en bas, du timbre de l'atelier Lépine.

Haut., 13 cent.; larg., 24 cent.

211 — *Le Vieux puits, à Montmartre*.

Signé à gauche, vers le bas.

Haut., 15 cent. 1/2; larg., 24 cent. 1/2.

212 — *Les Docks, à la Villette.*

Dessin au crayon rouge.
Signé à gauche, en bas.

Haut., 11 cent. 1/2 ; larg., 14 cent.

213 — *La Baignade des chevaux, à Honfleur.*

Dessin à la plume, avec reprises de lavis.
Signé à gauche, en bas.

Haut., 8 cent. 1/2 ; larg., 16 cent.

214 — *La Vieille église, à Clichy.*

Croquis à la plume.

Haut., 13 cent. 1/2 ; larg., 12 cent. 1/2.

215 — *Bateau de pêche à sec, aux environs de Caen.*

Dessin à la plume, avec des reprises de crayon.
Signé en bas, vers la gauche.

Haut., 15 cent.; larg., 24 cent.

216 — *La Route dans le bois de Meudon.*

Dessin à la plume.
Signé à droite, en bas.

Haut., 13 cent. 1/2 ; larg., 8 cent.

217 — *La Seine, au quai Malaquais.*

Croquis au crayon.

Haut., 15 cent.; larg., 36 cent.

218 — *La Petite bergère.*

Dessin au crayon, avec quelques rehauts de blanc
Signé à droite, vers le bas.

Haut., 20 cent.; larg., 26 cent.

219 — *Étude de chevaux et de charretiers.*

Dessin au crayon, avec des rehauts de blanc.

Haut., 21 cent.; larg., 28 cent.

220 — *La Route de Clairbois, dans la forêt de
Fontainebleau.*

Dessin à la plume.
Signé à gauche, en bas.

Haut., 21 cent. 1/2 ; larg.. 30 cent. 1/2.

221 — *Le Retour du marché.*

Croquis au crayon.
Signé à gauche. en bas.

Haut., 20 cent. 1/2 ; larg., 27 cent.

222 — *Montmorency.*

Dessin au crayon,
Signé à gauche, vers le bas.

Haut., 21 cent. 1/2 ; larg., 27 cent. 1/2.

223 — *Le Bord du lac, au Bois de Boulogne.*

Dessin au crayon, avec des rehauts de blanc.
Signé à gauche, vers le bas.

Haut., 29 cent.: larg., 22 cent.

224 — *Le Cheval emporté.*

Croquis au crayon, avec quelques rehauts de blanc.
Signé à droite, en bas : *S. Lépine.*

Haut., 19 cent. 1/2; larg., 27 cent.

225 — *Chèvres paissant dans la montagne.*

Dessin à la mine de plomb.
Signé à gauche, en bas.

Haut., 21 cent.; larg., 28 cent. 1/2.

226 — *L'Heureuse famille.*

Dessin au crayon.
Signé à droite, en bas.

Haut., 21 cent.; larg., 28 cent.

227 — *Le Vieux bassin, à Rouen.*

Dessin à la plume.
Signé à gauche, vers le bas.

Haut., 21 cent. 1/2; larg., 30 cent

228 — *Dans un même cadre, une étude de berger
et une étude de bergère.*

Dessin au crayon.

Chacun mesure : Haut., 25 cent.; larg., 13 cent.

229 — *Dans le bois.*

Dessin au crayon.
Signé à droite, en bas.

Haut., 45 cent.; larg., 29 cent.

230 — *Le Talus, près de la porte de la Muette, au Bois de Boulogne.*

Dessin à la plume, avec quelques reprises de crayon.

Haut., 31 cent. 1/2 ; larg., 47 cent.

231 — *La Vallée.*

Dessin à la plume.

Haut., 28 cent. 1/2 ; larg., 45 cent

232 — *Au Bord de la route.*

Dessin au crayon.

Haut., 31 cent. ; larg., 41 cent.

233 — *Dans la montagne.*

Dessin à la plume, avec quelques reprises de lavis.

Haut., 46 cent. 1/2 : larg., 30 cent.

234 — *Colline en Normandie.*

Dessin à la plume.

Signé à gauche, au milieu.

Haut., 25 cent.; larg., 33 cent.

235 — *La Seine, au Pont-Royal.*

Dessin à la mine de plomb.

Signé à gauche, en bas.

Haut., 25 cent. 1/2 ; larg., 38 cent.

236 — *Les Pêcheurs au Bas-Meudon.*

Dessin au crayon.

Signé à droite, en bas.

Haut., 21 cent. 1/2 ; larg., 28 cent.

237 — *Ville-d'Avray.*

Haut., 29 cent. ; larg., 32 cent.

238 — *La Seine, à Passy.*

Croquis à la mine de plomb.

Signé à gauche. vers le milieu.

Haut., 21 cent.; larg., 36 cent.

239 — *Les Chalands au bassin de la Villette.*

Dessin au crayon, avec quelques rehauts de blanc.

Signé à droite, en bas.

Haut., 21 cent. 1/2 ; larg., 29 cent.

240 — *La Seine, à Saint-Denis.*

Dessin au crayon.

Signé à droite, en bas.

Haut., 19 cent. 1/2; larg., 28 cent.

241 — *La Seine, à Bercy.*

Dessin à la mine de plomb.

Haut., 27 cent.; larg., 45 cent.

242 — *La Normandie.*

Dessin au crayon, avec des rehauts de blanc.

Signé à gauche, vers le bas.

Haut., 27 cent.; larg., 39 cent.

243 — *La Seine, au Gros-Caillou.*

Dessin au crayon, avec de légers rehauts de blanc.

Signé à droite, vers le bas.

Haut., 29 cent.; larg., 44 cent. 1/2.

244 — *La Marne, à Neuilly-sur-Marne.*

Dessin au crayon, rehaussé de blanc.
Signé à gauche, vers le milieu.

Haut., 30 cent.; larg., 46 cent.

245 — *Environs de Rouen, vus de Bon-Secours.*

Dessin à la plume.
Signé à gauche, en bas.

Haut., 22 cent.; larg., 28 cent.

246 — *La Seine, à Rouen.*

Dessin à la plume.
Signé à gauche, en bas, du timbre de l'atelier Lépine.

Haut., 21 cent. 1/2 ; larg., 27 cent. 1/2.

247 — *La Seine, à Bercy.*

Croquis à la plume.
Signé à gauche, en bas.

Haut., 14 cent. 1/2 ; larg., 23 cent.

248 — *Le Quai de Bercy.*

Dessin à la plume.
Signé à droite, en bas.

Haut., 18 cent.; larg., 27 cent.

249 — *Bercy.*

Croquis à la plume.
Signé à gauche, en bas, du timbre de l'atelier Lépine.

Haut., 16 cent. 1/2 ; larg., 30 cent.

250 — *Le Quai Henri IV.*

Croquis à la plume.
Signé à gauche, en bas.

Haut., 21 cent. 1/2 ; larg. 27 cent. 1/2.

251 — *Le Pont d'Asnières.*

Dessin au crayon, avec des rehauts de blanc.

Haut., 21 cent.; larg., 29 cent.

252 — *Une Cour à Montmartre.*

Dessin au crayon, rehaussé de blanc et de couleur .

Haut., 22 cent. 1/2 ; larg., 30 cent.

253 — *Remorqueur au quai de Grenelle.*

Dessin au crayon, avec rehauts de blanc.
Signé à gauche, vers le bas.

Haut., 21 cent. 1/2 ; larg., 29 cent

254 — *Environs de Saint-Ouen.*

Dessin au crayon, rehaussé de blanc et de bleu.
Signé à gauche, vers le bas.

Haut., 21 cent. 1/2 ; larg., 29 cent.

**255 — *Chariot dans la rue Lamarck, à Mont-
martre.***

Dessin au crayon, avec des rehauts de blanc et de
couleurs.
Signé à gauche, en bas.

Haut., 21 cent. 1/2 ; larg., 29 cent.

256 — *La Rue du Mont-Cenis, à Montmartre.*

Dessin au crayon, rehaussé de pastel.

Signé à droite, en bas.

Haut., 22 cent.; larg., 27 cent.

257 — *Un Percheron attelé à un chariot.*

Dessin au crayon, rehaussé de pastel.

Signé à gauche, en bas.

Haut., 20 cent. 1/2; larg., 27 cent. 1/2.

258 — *Derrière la Butte, autrefois.*

Crayon et pastel.

Signé à gauche, en bas, du timbre de l'atelier Lépine.

Haut., 19 cent. 1/2; larg., 28 cent.

259 — *Ramasseuse de mouron.*

Crayon et pastel.

Signé à gauche, en bas, du timbre de l'atelier Lépine.

Haut., 20 cent.; larg. 28 cent. 1/2.

260 — *La Seine aux environs de Saint-Denis.*

Dessin au crayon, rehaussé de blanc.

Signé à gauche, en bas, du timbre de l'atelier Lépine.

Haut., 21 cent. 1/2; larg., 29 cent.

**261 — *Dans une chemise : 16 croquis au crayon
et à la plume.***

262 — *Dans une chemise : 25 croquis au crayon et à la plume.*

263 — *Dans une chemise : 25 croquis au crayon et à la plume.*

264 — *Dans une chemise : 25 croquis au crayon et à la plume.*

265 — *Petit carnet de croquis.*